AF417711

INSTANTÁNEAS DE FICCIÓN
Selección de microcuentos

María Cecilia de la Vega (comp.)

INSTANTÁNEAS DE FICCIÓN

Selección de microcuentos

María Cecilia de la Vega (comp.)

María Cecilia de la Vega
Instantáneas de ficción: selección de microcuentos – 1a ed. –
Córdoba: Susurros Chinos, 2018.
80 pp.; 18 x 13 cm.

ISBN 978-987-778-341-4

1. Microficción. 2. Relatos Personales. II. Título.
CDD A863

www.susurroschinos.com

Coordinación y edición:
María Cecilia de la Vega

Traducción:
Susana Cejas
Emilia del Valle Contreras
Cecilia Belén García Checa
Mariana de Madariaga
Verónica Flores
Patricia Mcgarry
Fernando Stagliano

Índice

Palabras preliminares

El libro *Instantáneas de ficción* reúne una selección de microcuentos, escritos por autores de habla inglesa —en su mayoría estadounidenses—, que dan excelente cuenta del desarrollo de la microficción en Norteamérica. Los relatos aquí compilados son muestras acabadas de este género moderno que surgió en las primeras décadas del siglo XX y que, desde entonces, no ha perdido vigencia. Potentes, evocativos, por momentos elípticos e inquietantes, los microcuentos de esta antología nos sumergen en temáticas humanas, que traspasan las fronteras de las lenguas y nos conectan con todo aquello que nos permite descubrirnos en el sentir de muchos. Las dudas existenciales, el miedo a los cambios, la muerte, los duelos, los amores, los desencuentros, los distintos modos de ver y habitar el mundo, quedan plasmados en los diecisiete relatos impactantes que se presentan en este volumen. Son estas valiosas *instantáneas de ficción*, escritas con meticulosidad y entrega, las que tenemos el honor de acercar hoy a la comunidad de lectores de habla hispana por medio de la traducción. En este sentido, hacemos llegar nuestro profundo agradecimiento a los autores, que accedieron a formar parte de este proyecto y nos autorizaron a traducir y publicar sus textos, tanto en este volumen como en nuestros espacios virtuales. Agradecemos también a Griselda Gómez y Belén Ebner por el apoyo de siempre y la confianza depositada en el equipo de Susurros Chinos.

María Cecilia de la Vega

Por las ramas

David Schweidel

No hace mucho, un árbol vino a verme al consultorio. Un roble imponente. La extensión de sus ramas era increíble. No había manera de que pasara por la puerta.

¿Y qué hice? Salí al estacionamiento. Ya otras veces había hecho adaptaciones para clientes. Clientes con necesidades especiales.

Este árbol definitivamente tenía necesidades. No soy arborista, pero podía darme cuenta. En un extremo del tronco había una maraña enorme de raíces, marrón, enredada, y en apariencia caótica. En el otro, una copa de ramas igual de grande. El árbol se desplazaba como una pesa gigante. A su paso, iba dejando tierra, trozos de corteza y hojas rasgadas, mientras yo lo guiaba al rincón más retirado del estacionamiento.

El árbol (lo llamaré Morris, aunque ese no sea su verdadero nombre) quería comenzar por el principio. No soy freudiano, pero creo en la primacía de las experiencias durante la infancia, así que dejé que me contara sobre sus días de bellota. Se mostraba orgulloso y también a la defensiva por haber brotado de orígenes tan humildes. Mientras se explayaba en ese sentido, me di cuenta de que se estaba yendo por las ramas.

—Discúlpame —le dije—, pero tienes que llegar a la raíz del problema.

Ambos soltamos un quejido, y tomé esa respuesta compartida como un pequeño avance.

—Te reirás de mí cuando te cuente —dijo Morris.

—No, solo escucharé —respondí.

—Precisamente por eso estoy aquí —dijo Morris.

El estacionamiento estaba tranquilo. Nos encontrábamos en ese momento sereno de la siesta entre el regreso de los que almuerzan tarde y la salida de los que dejan la oficina temprano. Un avión pasó zumbando sobre nosotros y dejó una tenue estela blanca en el cielo azul pálido.

—En pocas palabras: caí en un bosque. Nadie lo oyó. Desde entonces, no dejo de preguntarme, ¿siquiera hice ruido?

—¿Tú qué piensas? —pregunté.

—No lo sé. ¿Tú qué piensas?

El sentimiento detrás de su historia no me resultaba ajeno. Cuando tenía poco más de treinta, publiqué un modesto poemario que compraron cerca de doscientas personas, y que leyeron, supongo, muchas menos. De vez en cuando, cuando doy charlas sobre trastornos depresivos, no puedo dejar de advertir a los miembros del público que revisan sus celulares, miran por la ventana o adoptan esa expresión vidriosa de quien solo simula estar escuchando.

Incluso en el ámbito del amor, he conocido el vasto silencio de las caídas inadvertidas.

—¡Por supuesto que hiciste ruido! —le dije a Morris.

En los comienzos de mi carrera, traté de ser un espejo perfecto. El cliente venía a mí en busca de la verdad, y solo eso veía, sin distorsiones. Me esforzaba por ser neutral, objetivo, por no sobredimensionar ni desestimar. Ahora entiendo mi rol de manera diferente. Los clientes tal vez piensan que quieren la verdad, pero en realidad lo que quieren es esperanza.

Las ramas de Morris se agitaron.

—Creces y creces. Extiendes tus raíces. Pero cuando caes, te preguntas cuál fue el sentido de todo.

Ya llegando al final de mi propia carrera, yo también me lo pregunto, pero no me pareció prudente mencionárselo a Morris.

—Estoy seguro de que dejaste una marca tremenda —le dije.

—Gracias —respondió.

Ninguno de los dos habló por un buen tiempo. La estela blanca del avión se había desvanecido por completo.

—Si tuviese que arriesgar algo… —dije—, el punto no es durar, sino ser.

—¿Aunque, al final…? —preguntó Morris.

—Eso es lo que creo —dije. Traté de hablar con una combinación justa de seguridad e incertidumbre.

Las ramas de Morris se agitaron otra vez.

—¿Tú hiciste eso, o fue el viento?

—Buena pregunta —respondió.

A veces en mi profesión te sientes inexplicablemente cercano a un cliente. Este era uno de esos momentos.

—Debo preguntarte —dije—, ¿hay alguna razón por la que hayas acudido a mí?

—Ah, es que conocía a tu escritorio —dijo Morris, y luego se alejó, dejando un intrincado patrón de tierra, ramas y hojas.

Traducción: Susurros Chinos

Del original *Shilly-Shalling*, publicado en *SmokeLong Quarterly, Número cincuenta y seis*, junio de 2017.

David Schweidel escribe ficción y no ficción creativa. Su novela *Confidence of the Heart* ganó el *Premio a la*

Ficción Nacional Milkweed. Su libro de no ficción, *What Men Call Treasure*, escrito en coautoría con Robert Boswell, fue finalista del *Premio de Escritores del Oeste*. Sus textos se pueden encontrar en publicaciones como *Kansas Quarterly*, *Colorado Review*, *East Bay Express* y *SmokeLong Quarterly*. Vive en Berkeley, da clases en la Escuela de Postgrado de Negocios de Stanford. Recientemente, escribió su primer musical titulado *Kidnapped Heiress Blues*.

Posesión(es)

John Smolens

Cuando tu esposa muere, descubres que la música sabe diferente y que la comida suena igual. No caminas, vas a gatas. Algunos días te arrastras. Otros, es mejor quedarse quieto. Los armarios están llenos de fantasmas. Blusas que usaba a los veintiséis. Una falda de *denim*. Vestidos estupendos. Zapatos —taco alto, taco bajo, un par de *Capezios* de claqué— sepultados en cajas. Cuando abres la puerta del armario, sus abrigos permanecen allí, inmóviles, sospechando que pronto partirán. Retazos de recuerdos. Usó este aquí, ese allá. Cada prenda, un capítulo. La ropa de los muertos no tiene futuro. La podrías quemar. Podrías dejarla en paz. Décadas de la historia del traje colgando de un barral, cargando el peso de la añoranza. De seguro, podrías travestirte. *Todo debe irse*. Desecharlo no, donarlo. Al refugio de mujeres: cajas y bolsas de papel y pilas de ropa, hasta que la encargada detrás del mostrador diga que ya tienen suficiente. Te dan ganas de llevarte todo de vuelta. ¿Quién rechaza la ropa de una difunta? El resto, a la iglesia de San Vicente de Paúl y allí sus prendas de algodón, lino y mezcla de rayón van a parar a canastos repletos de corderoy y poliéster. (Excepto un camisón de satén que no se regala). Hasta que los armarios parecen vacíos. Tu ropa no cuenta: no te representa, solo son camisas, pantalones y chaquetas descuidadas. A medida que el verano se desvanece, abres cajones y encuentras pulóveres, bufandas, gorros y guantes de lana. Señal de una mujer que sabía lo que era el invierno. Envías pulóveres y chales y pañuelos de seda a las mujeres y niñas de su familia. Responden con fotos de sus hijas de diez años envueltas en azul para el acto de quinto grado del Día de los Colonos. Aun así, te sientes poseído por las posesiones. Incluso luego de saberte desposeído, estas aparecen en los cajones y las alacenas de la cocina, donde ella solía guardar los frascos con alimentos secos, frijoles y cereales, futuras comidas. Y allí, en el congelador, recipientes plásticos: sopas, salsa de tomate, chili. Mensajes nutricionales del más allá. Raciónalos. Descongélalos solo como último recurso. Así todo, a lo largo del invierno, el congelador se va quedando tan vacío y frío como tu corazón. Para cuando abres el último pote, con el rótulo *Chili de frijoles negros 14/03/10*, la comida ya no tiene ningún sentido. Ya no es un acto de amor, ni un gesto de bondad. Ya no hay intimidad en la ensalada de atún o en marinar muslos de pollo. Te resulta vergonzoso recordar cuántas veces comiste a la luz de las velas; es como el camisón de satén que tienes metido en aquel cajón que nunca abres. Solo te limitas a calentar y servir. Solo pones la comida en el microondas. Solo la comes. Sustento recocido. Cuando cenas directo de la sartén o de la olla, avergonzado, te tienta espiar por encima de tu hombro. Nadie te mira, excepto los libros de cocina. Estantes con ejemplares viejos de *Gourmet* y *Bon Appétit*, y una carpeta de tres anillos repleta de recetas: legado culinario de la abuela a la madre, de la madre a la hija. Recetas escritas con su caligrafía apretada, volutas y ondas y bucles que se deslizan a lo largo de la página hasta formar una palabra, la espuma de una ola de letras. Instrucciones para futuras comidas, para cenas a la luz de las velas, para invitados. Ya no hay recetas ni comensales; no hace falta la vajilla de la boda, tampoco un buen mantel. No olvides la *Regla N.°* *1 del Viudo: nunca rechaces una invitación a comer.* Tú eres el invitado ahora. Y después de la cena, te paseas por la casa hablándole a la oscuridad. *Vamos, adelante, ven y acéchame. Mueve el libro que está sobre la mesa. Golpea la puerta del dormitorio. Lo que sea. Estoy listo. Vamos, te reto. Mátame del susto. Aquí estoy.* La respuesta es el silencio más profundo. Sin embargo, a veces sientes su presencia en el silencio: nada se mueve, los goznes no crujen, las luces no titilan. Solo su silencio. Al carajo Stephen Spielberg, la muerte no tiene efectos especiales. No hay posesión, solo posesiones. Para romper el silencio, pones música. Discos compactos apilados; hileras de cajas transparentes de discos, jamás en el orden alfabético correcto (como ella sugería que debían estar). Canciones con melodías, letras, estribillos, versos, movimientos, codas. Canciones sin las cuales no puedes vivir. Canciones que no volverás a escuchar. Canciones que sabes de memoria. Canciones que quieres olvidar. Canciones que no puedes olvidar. Canciones para comer, para leer, para bailar, para liquidar una botella de vino, para hacer el amor. Canciones para romper el silencio. Canciones para enfrentar la oscuridad eterna. Pero algún día (tal vez) llegues a un acuerdo con el silencio. Te sentarás en la silla de sus abuelos y solo será una silla. O podrías regalarlo todo. Todo por completo. Cada cosa. Todas las cosas, excepto las piedras. Pasaba todo su tiempo (o eso parecía) juntando piedras de la playa. Solía volver con los bolsillos del abrigo cargados, en su mejor interpretación de Virginia Woolf. Piedras redondas, piedras con forma de huevo, piedras con forma de disco, piedras pulidas por el agua y por el tiempo. Piedras de Inglaterra, Escocia, Irlanda, Italia, Turquía, Cabo Cod. Piedras en cajas de zapatos, en bolsas de plástico, en cuencos; montones de piedras distribuidas por la casa como incienso. Le gustaba cómo se veían, cómo se sentían, cómo sonaban en la palma de su mano. Podrías deshacerte de todo, menos de las piedras. Podrías caminar sobre ellas, dormir sobre ellas, sentarte sobre ellas, comer de ellas. Tu casa estaría en silencio, llena de piedras. Tendrías soledad. No estarías solo. Tendrías las piedras.

Traducción: Susurros Chinos

Del original *Possession(s)*, de John Smolens, publicado en *PANK, Vol. 9.2*, febrero de 2014.

John Smolens ha publicado nueve novelas y una colección de cuentos. Su novela más reciente, *Wolf's Mouth*, fue considerada uno de los *Libros Destacados de Michigan de 2017*. En 2017 y 2018 se volvieron a publicar sus libros *Cold, Fire Point, The Invisible World* y *The Anarchist*. En 2019 se publicará *Out*, la secuela de *Cold*. Smolens es profesor de Inglés en la Universidad del Norte de Michigan. En 2010 fue galardonado con el *Premio al Autor del Año* que otorga la Asociación de la Biblioteca de Michigan.
Más información: www.johnsmolens.com

La grieta

Mathew Paust

Tenía unos quince centímetros de largo y medio centímetro de ancho, según recuerdo. Nunca la medí. Está muy clara en mi mente, oscura y misteriosa por la ausencia de luz a pesar de la distancia de casi siete décadas. Tenía forma de vagina, ahora que lo pienso, más ancha al centro y afinada hacia las puntas. Estaba en el piso. Era una separación entre dos tablas cerca del umbral, o justo allí, entre la sala y el comedor.

Alimentó mi imaginación desde mis primeros pasos en adelante. Recuerdo cuando me preguntaba qué habría debajo: ¿la guarida de una criatura, una cámara secreta, China? Acercaba mi boca y decía hola… hola… hola. Escribía trozos de papel con mensajes y los empujaba por la ranura, y luego regresaba para ver si habían vuelto. Nunca pasó; pero me habría hecho en los pantalones si hubiera pasado. La linterna no llegaba a lo profundo de la oscuridad. Apenas si podía meter la punta de mi dedo. Lo justo para sentir el aire más fresco. Lo justo también para mantener el misterio.

La traía a mis sueños nocturnos. El único que recuerdo se repitió durante años. Yo corría tras el indolente de mi padre, llamándolo a gritos, y él se escurría por la grieta.

Traducción: Susurros Chinos

Del original *The Crack*, de Mathew Paust, publicado en *Fictionaut.com*, 2013.

Mathew Paust es oriundo de Wisconsin y veterano del ejército. Se retiró como periodista premiado luego de una carrera de cuatro décadas en Iowa y Virginia. Tiene una Licenciatura en Lenguas Eslavas por la Universidad de Wisconsin. Es autor de la novela *Executive Pink* (2010) y la compilación de cuentos *If the Woodsman Is Late* (2011), publicadas por *Booklocker.com, Inc.;* y de las novelas *Sacrifice* (2012), *Nature of the Bones* (2015) y *First Shot* (2015),

publicadas por *Bartleby Scriveners Assoc.*
Más información: www.fictionaut.com/users/mathew-paust

A veces mi padre regresa de entre los muertos

Steven Edwards

Otra vez se olvidó algo, un paraguas, el sombrero y los guantes, o la vianda; y entra decidido por la puerta principal y se dirige a la cocina, rezongando, enojado consigo mismo. Todo esto es muy perturbador para mi esposa y para mi pequeño hijo, que no lo conocieron en vida. "Tal vez se olvidó de que está muerto", bromeo después de la quinta o sexta vez que ocurre. "Y bueno, siempre fue distraído".

Nunca se queda mucho tiempo y nunca nos habla. Pasa unos minutos buscando lo que sea que busca y entonces decide que, después de todo, no lo necesita; se encoge de hombros y desaparece tan rápido como apareció.

La primera vez fue un sábado de primavera. La puerta se abre de golpe, y ahí está él: mi padre, joven de nuevo, con un largo impermeable gris y un sombrero de fieltro, preguntándose dónde diablos puso las llaves del auto. Mi esposa no se da cuenta porque está en la pileta de la cocina lavando una taza, con el agua corriendo a toda presión. Nuestro hijo, bueno, tiene 5 años, y si un oso pardo se paseara por la casa, él sólo sonreiría. Pero, cuando levanto la vista de mi tazón de cereales y veo a mi padre muerto, pienso que debo estar soñando. Abre y cierra cajones, buscando las llaves por arriba y por abajo. Su cara está más flaca de lo que recuerdo, esquelética, con las mejillas hundidas, la piel pálida. El terror y el amor que siento es como se debe sentir un paro cardíaco. "¿Papá? ¿Eres tú?".

Entonces mi esposa se da vuelta, lo ve y grita. Al suelo cae la taza que estaba lavando y se hace pedazos. Al suelo cae ella, desmayada. Cuando logro atenderla y calmar a nuestro hijo, mi padre ya se ha ido y la puerta se cierra detrás de él.

Mi esposa no ha vuelto a desmayarse desde esa primera vez, pero como dije, es perturbador para ella y para nuestro hijo. Sin embargo, mi padre no le está haciendo daño a nadie. No está acechándonos, y tampoco parece que tenga ningún dolor por resolver. Solo se ha olvidado las llaves. Le preocupa llegar a tiempo al trabajo, ganarse el sueldo, mantener a la familia. ¿Qué importa si nunca nos habla? Tampoco hablaba demasiado antes. Yo pensaba que era por mí, que por algún motivo no toleraba estar conmigo. Lo odiaba por sus silencios. Ahora, no sé. Tener una familia es difícil: son personas a las que amas con cuerpo y alma y por las que sacrificas tanto. El amor es confuso. Por eso, estoy dispuesto a aceptar a mi padre así. Y debo decir que sonrío más desde que comenzó a aparecer. De algún modo, todo se siente más liviano. En realidad es gracioso pensar que quizá no recuerda que está muerto. Me encantaría verle la cara cuando al fin se dé cuenta.

Traducción: Susurros Chinos

Del original *Sometimes My Father Comes Back From The Dead*, de Steven Edwards, publicado en *SmokeLong Quarterly*, *Número cincuenta y dos*, abril de 2016.

Steven Edwards vive en Massachusetts. Es autor de las memorias *Breaking into the Backcountry*, la historia de los siete meses que vivió como cuidador de una hacienda rural en la zona del río Rogue, en Oregon. Sus textos se pueden encontrar en *Orion Magazine, The Rumpus, Electric Literature*, entre otras publicaciones. Más información: @The_Big_Quiet en Twitter.

Brazo de cáncer

Kathy Fish

Es el Día de Acción de Gracias y tu madre aparece y desaparece a su antojo. Hace un segundo te tocaba el hombro y te susurraba algo gracioso. Piensas que podrías aferrarte a ella, hundir tu cara en los pliegues de su cuello, pero levantas la mirada y ya no está. Es como si fuera una nube de rocío salida de un aerosol. Huele a jabón *Dove*.

Tu madre siempre tiene *El gran libro de los síntomas del cáncer* en la mesita de la sala. No te imaginas a sus invitados hojeándolo alegremente mientras ella parte veloz a preparar tragos, y, sin embargo, allí está, opacando *Puestas de sol en las Rocallosas. Con poesías*, el libro que le regalaste.

El libro tiene diagramas que puedes seguir, como un laberinto, comenzando con un síntoma y respondiendo luego una serie de preguntas que van marcando tu recorrido por la página. A veces te lleva hasta una parte del libro que dice: "Se trata de un resfriado común". Otras, te conduce hasta el final de la página donde dice: "Consulte a su médico de inmediato" en letras rojas. Las hojas están labradas con las huellas digitales de tu madre.

Es el Día de Acción de Gracias y siempre te sientas al lado de tu cuñado Peter, que es sin duda el más inteligente del grupo, aunque nadie lo escucha. Sin inmutarse, Peter sigue hablando. Siempre sabe cuando estás mintiendo, algo que ocurre seguido. Es una especie de detector de mentiras. Le pides que te pase las arvejas. Te pregunta por qué llegaste tarde. Le dices: "Una llamada de larga distancia de un amigo". "Mentira", responde, y te quita un pelo del sweater. Entonces le dices: "¡Tienes razón! Pásame el pan, por favor".

Tu madre escucha los libros de Deepak Chopra en casete. Es una especie de proyecto que tiene. Siempre pronuncias el nombre *Dipachoca* y ella te corrige. "Deepak Chopra dice que no deberías pensar demasiado en el cáncer o lo tendrás".

Pues bien.

Lo que tu madre no sabe es que estás aterrorizada. Piensas en eso todo el tiempo. Cáncer cáncer cáncer. Pierna de cáncer. Brazo de cáncer. Has comido demasiados *hot dogs* y embutidos de cáncer en tu vida. Te has quemado demasiadas veces con sol de cáncer. Garganta de cáncer. Cabeza de cáncer. Mucho sexo de cáncer.

Brazo de cáncer

Tus pensamientos tienen el poder de cambiar la estructura de tus células, cancerizarlas. Puedes sentirlo y te sacude.

Es el Día de Acción de Gracias y tienes seis años. Llevas las medias subidas por encima de las rodillas. Rusty, tu golden retriever, está bajo la mesa, y cada tanto dejas caer un pedazo de pavo para él. Lo que realmente quisieras es una galleta con chispas de chocolate o un poco de melón cortado en trozos. Crees que el estómago hinchado de Rusty es por comer demasiado, aunque la verdad es que casi no come. No pasará la Navidad y tampoco tu padre. Todos lo saben menos tú.

Engañaste a tu marido al mes de casados. Peter lo sabe, pero no te juzga. ¡Ay, cómo quieres a Peter!

Peter se inclina y dice: "¿Cómo estás, muñeca?", y quieres decirle: "Me duele todo. No puedo dormir. Toda la comida tiene sabor a queso rancio y estoy asustada", pero le dices que estás espléndida. Te responde: "No te creo", y entonces imaginas la palabra "biopsia" flotando entre los dos, en letras redondeadas.

La palabra te suena alegre, casi festiva. Biopsia se relaciona con vida. Es una guirnalda de margaritas alrededor del cuello de una niña. ¿Quién podría preocuparse por algo tan bonito?

Hoy están todas estas personas. Tu hermana Kate y Peter. Tus tíos que nunca se casaron: el tío Fred, que peleó en Vietnam, y el tío Brian, que todavía saca monedas de tu oreja; y la pareja de vecinos, Martin y

Marie, que vienen todos los años porque no tienen familia. Hay comida en abundancia y la mesa está colmada y, aún así, preferirías comer una galleta o fiambre con un bollo de pan o un tazón de avena antes que esas tajadas humeantes de pechuga de pavo o esa montaña descomunal de puré de papas. Siempre odiaste esta comida. Descubres que acabas de agacharte para acariciar la cabeza de Rusty y esto te hace reír y llorar a la vez.

Es el Día de Acción de Gracias y la casa de tu madre resplandece como el oro y resuena con las voces. Tu madre espera a que te incorpores para servirte un plato de pastel de camote. Impaciente, se retira, pero la tomas de la muñeca, llevas su mano a tus labios y la besas, justo a tiempo.

Traducción: Susurros Chinos

Del original *Cancer Arm*, de Kathy Fish, publicado en *Per Contra: An International Journal of the Arts, Literature and Ideas*, otoño de 2008.

Kathy Fish es mentora académica en Ficción, en la Maestría en Bellas Artes Mile-High en la Universidad Régis en Denver. Además, dicta talleres intensivos sobre microficción. Su cuarta compilación de cuentos cortos, *Rift*, escrita en coautoría con Robert Vaughan, fue publicada en diciembre de 2015 por *Unknown Press*. Sus relatos han sido seleccionados en *Best American Nonrequired Reading 2018*, *Best Small Fictions 2016, 2017* y *2018*. Sus cuentos han aparecido o aparecerán en: *The Lineup: 20 Provocative Women Writers, Choose Wisely: 35 Women Up to No Good, Electric Literature, Guernica, Denver Quarterly, Indiana Review, Yemassee Journal, Elm Leaves Journal, Slice, Mississippi Review online, New South, Quick Fiction*, entre otras publicaciones. Es autora de tres libros de cuentos más: *A Peculiar Feeling of Restlessness: Four Chapbooks of Short Short Fiction by Four Women* (*Rose Metal Press*, 2008), *Wild Life* (*Matter Press*, 2011) y *Together We Can Bury It*, disponible en *Lit Pub*.

Más información: www.kathy-fish.com

Sin ofender

Nancy Ludmerer

Sin ofender, Sr. Richards, pero que diga que me tiene que dejar ir porque mentí, eso también es una mentira. "Dejarme ir" suena como que me quiero ir. De Bedford Hills sí, *ellos* me dejaron ir, salí por esa puerta y nunca miré atrás. Pero usted está *haciendo* que me vaya. ¿Y por qué? ¿No me habría contratado si sabía de Bedford? Pero Bedford fueron solo tres años de veintisiete. Los otros veinticuatro fui igual que usted, caminaba por ahí, comía pizza, comía mucha pizza a juzgar por los 113 kilos que tengo. Pero, vamos, es por eso que me contrató, para asustar un poco a los clientes, mantenerlos a raya. Soy buena en este trabajo. Vengo todos los días. Hasta soy amable con ellos. Soy grandota, pero puedo hablar muy suave. "¿En qué puedo ayudarlo?" "¿Se le ofrece algo más, señor?" ¿Fósforos? ¿Pajillas? No me olvido. A las mujeres hay que decirles siempre señorita, aunque tengan sesenta.

Mi mamá me decía: "Carla, eres grandota. No puedes ser las dos cosas, grandota y gritona. Una o la otra, y estarás bien. Pero no las dos". Trató de sacármelo a golpes, lo gritona, lo mala que era de niña. Siempre dando problemas. La Junta de Educación me mandó a clases especiales, me dieron *Thorazine*. A mamá no le gustó. Prefería golpearme. Pero yo a veces necesitaba el medicamento. Una médica buena de la escuela me lo daba cuando yo le decía que lo necesitaba y, a veces, cuando yo no sabía que lo necesitaba.

Que le haya dado un nombre falso… eso no es tan malo. ¿Qué hay en un nombre, al final? Y el que le di no es tan diferente, están Carla y Carol, Ward y Word. Lo que pasa es que me gusta más Carol Word. Cuando estaba en Bedford, después de que mi prima —la que se llamaba Carol de verdad— murió, vino a verme este viejo judío y me dijo que una persona tiene dos nombres: el nombre que recibe cuando nace y el nombre que recibe cuando muere, el que se ganó. Tal vez sea el que conocen los ángeles o algo así. Y bueno, creo que me gané otro nombre después de pasar tres años en la Caja. Me lo gané, me gané ser Carol. Igual que ahora me hago rizos y antes no, y empecé a usar esmalte de uñas y dejé de usar pañuelos en la cabeza.

En fin, Sr. R., usted bien sabe lo que pasa antes que una exreclusa soplona que entra aquí un día de casualidad. En Bedford le decíamos "pájara carpintera", porque siempre andaba picoteando en los asuntos ajenos, buscando qué usar en contra de los demás.

Cuando me preguntó: "¿Tienes a tu hija por aquí en algún lado, Carla Ward? ¿La que te sacaron?", estaba buscando que la derribe de un golpe. Y usted dijo, más bueno que el pan: "No sabía que tenías una hija. Qué bien. ¿Cómo se llama?". Y cuando dije: "Rowena", usted preguntó: "¿Cuántos años tiene?". Y no pestañeó ni dijo nada malo.

Así que la pájara siguió: "¿Extrañas Bedford Hills, Carla? ¿Extrañas la Caja?". Ella estuvo en la Caja solo dos veces, la preferida de la maestra. Nunca fui la preferida de la maestra. A la única que le caía bien era a esa médica en la escuela. Me daba palabras mágicas para que las diga cuando perdía el control, me hacía buscarlas en el diccionario. Palabras como "lavanda" y "bruma". Palabras como "columna" y "saciar" y "fragante". No me daba sermones, ni bueno, ni malo, ni correcto, ni incorrecto. Ya era demasiado tener que escuchar a todos diciendo lo mala que era, el daño que había hecho. En cambio, me daba esas palabras y trataba de que yo me aferrara a ellas cuando las cosas se ponían feas. La idea era buena. Solo que no funcionó en aquel momento.

Esas palabras volvían cuando estaba en la Caja, por las noches. La Caja es toda de cemento alrededor, con una abertura para que te den las comidas y los medicamentos. A la noche es muy silencioso porque las otras prisioneras tomaron sus medicamentos, yo tomaba los míos, y los gritos, los alaridos y los golpes se terminaban. A veces trataba de leer un libro y, a veces, pensaba en las palabras mágicas.

La primera vez que salí, solo me senté en una habitación en la oscuridad. Mi otra prima, la hermana de Carol, la que me recibió, me dijo: "Carla, tienes que salir. Tienes que hacer algo". Para otra persona, el surtidor de combustible es solo un surtidor, la escoba con la que barre es solo una escoba, los vidrios por los que se ve el cielo no tienen nada de especial, los estantes con todo bien ordenado y prolijo no significan nada. Pero, cuando cruzo la calle para poner la basura en los contenedores y fumar mi cigarrillo, y veo esos surtidores de combustible brillando al sol, todo rodeado por la bruma rosada de la madrugada, la luz centelleando en el vidrio, parece el paraíso. El olor del combustible es como la lavanda y los pétalos de rosa juntos. Hasta la manera en que los números suben cuando la gente carga es mágico. Fumar cigarrillos en el descanso, eso también es mágico. Cuando estás adentro, los cigarrillos son el único placer y tienes que fumar a escondidas. Les das cigarrillos a algunas de las chicas, las dejas tranquilas y tal vez paren los cortes. Pero en Bedford nunca se enteraron. O lo sabían y no les importaba.

A usted le importa, Sr. Richards, lo sé. Usted, Señor R., es mi Señor Rehabilitación, Señor Redención, Señor Renta, Señor Recuperar a mi hija Rowena. Usted es todo eso. Pero no me deja trabajar aquí, no me deja hacer esto; tengo que expresarlo de alguna manera o voy a explotar como un motor sobrecalentado.

La gente que no tiene nada que hacer se vuelve loca. Nooo, no estoy amenazando a nadie, y menos a usted.

Traducción: Cecilia Belén García Checa
Revisión: Susurros Chinos

Del original *No Offence*, de Nancy Ludmerer, publicado en *KYSO Flash, Vol. 8*, agosto de 2017.

Nancy Ludmerer es estadounidense y vive en Nueva York. Sus textos de ficción han aparecido en *Kenyon Review, Cimarron Review, The Maine Review, Sou'wester, Masters Review's "New Voices" Series* y en otras publicaciones y antologías de Irlanda, Gran Bretaña, los Países Bajos y Estados Unidos. Su ensayo *Kritios Boy* (*Literal Latte*) fue destacado como uno de los *Mejores Ensayos Estadounidenses de 2014* y su microcuento *First Night* (*River Styx*) fue incluido en la antología *Best Small Fictions 2016*.
Más información: www.nancyludmerer.com

Colecciones

Lauren Becker

Mona las llamaba "antigüedades", cuando las llamaba de algún modo. Nosotros las llamábamos "cachivaches", escrito *cachivages*, cuando bromeábamos sobre ella en los correos electrónicos en los que le prestábamos algo de atención. Creíamos que tanto ella como su colección de lámparas encontradas en ventas de jardín o en la calle junto a la basura eran viejas y lamentables. Sin utilidad y mejor fuera de la vista.

Gastaba los cheques del Seguro Social en lámparas y bombillas que no podía pagar, aunque muchas de las lámparas no funcionaban. Su media hermana Martha, que era mucho más joven, obligaba a su hijo con gusto por la mecánica a visitar a Mona para cambiar los cables de las lámparas que podían salvarse.

Mitch tenía diecisiete y no le gustaba el olor ni de las cosas ni de las personas viejas. Pero Mona no intentaba hablar con él. No le preguntaba sobre la escuela o las novias, ni trataba de darle caramelos de leche o cóctel de frutas, por lo que él no se resistía demasiado. No le contaba a su madre sobre el dinero que Mona le daba por su labor. Su tiempo valía más que las promesas de Martha de salvación eterna en el nombre de Jesús.

Nadie recordaba cuándo comenzó la colección. Nadie recordaba un tiempo en el que Mona no hubiese estado rodeada de lámparas. Algunos de nosotros heredamos muebles en desuso. Su colchón de dos plazas, reemplazado por uno de una; el de una plaza, abandonado para dormir en el sofá. La vitrina de la vajilla, el aparador, la mesa y las sillas, el televisor, desaparecieron. La vajilla se fue con la vitrina, los cuadros abandonaron las paredes, casi no quedó ropa en los armarios. Sobre la mesa del comedor y sobre varias mesas auxiliares había lámparas, algunas con pantallas, otras sin. Algunas pantallas esperaban sus lámparas, pero nunca por mucho tiempo.

No coleccionaba lámparas de un diseño o época específicos, ni siquiera de un tamaño particular. Traía lámparas de mesa, lámparas de pie, lámparas de banquero, candelabros, arañas, antorchas. Ornamentadas y sencillas. Lámparas de vidrio opalino con relieves, lámparas de mesa con cuello de cisne. Lámparas que eran baratas cuando nuevas. *Art déco*, de mediados de siglo, simples. Algunas *Stiffels* y *Coopers* compradas con dinero que guardaba.

Mona nunca se casó, nunca tuvo hijos. Nunca dio la impresión de querer esas cosas. La veíamos en Navidad, en la casa de Martha. Hablaba poco y nos daba a cada uno un billete gastado de $5 en tarjetas baratas del Wal-Mart. Nosotros le dábamos billetes nuevos de $20. Tenía una salud excelente, vivía en un departamento de renta controlada y era de poco comer. Sabíamos a dónde iría a parar nuestro dinero. Su hábito era simple e inofensivo. Si nos hubieran preguntado, habríamos dicho que amábamos a Mona, porque eso es lo que dices de tus parientes. En realidad, apreciábamos a Mona por su existencia tranquila que no suponía demandas.

Nos preguntábamos por sus facturas de electricidad, pero Mitch nos dijo que ella no mantenía todas las lámparas encendidas, ni siquiera luego de que él las arreglara. Rotaba su uso. Mitch dijo que ella no hacía nada mientras él estaba allí, ni probablemente tampoco cuando él no estaba. No leía, ni cocinaba, ni tejía. No tenía mascota. Se sentaba en el sofá, con su manta y almohada dispuestas muy prolijas en los extremos, a veces miraba alrededor, sus ojos se posaban sobre una u otra lámpara por momentos. Su única actividad parecía ser acumular.

En una de sus visitas semanales, Mitch encontró a Mona. Si había estado enferma, nadie lo supo. Había asignado una lámpara para cada uno de nosotros. Las demás quedaron para la beneficencia. Nuestras lámparas nos sentaban bien, como si Mona las hubiera comprado o encontrado pensando en nosotros. Como si nos hubiera visto con su propia luz.

Traducción: Susurros Chinos

Del original *Collecting*, de Lauren Becker, publicado en *WhiskeyPaper Press*, diciembre de 2015.

Lauren Becker es editora de *Corium Magazine*. Sus relatos han aparecido en *Tin House (online)*, *The Los Angeles Review*, *Matchbook*, *The Rumpus*, *Wigleaf*, entre otras publicaciones. Su compilación de cuentos *If I Would Leave Myself Behind* fue publicada por *Curbside Splendor* en 2014.
Más información: @ljbecker en Twitter.

La Academia Warrene

Vanessa Wang

La Srta. Mao fue la primera que advertí cuando llegué a la Academia Warrene. Todos hablaban de sus hermosos ojos rasgados; los varones lo hacían. Durante el horario de tutoría, los chicos esperaban fuera de su despacho formando una hilera que doblaba por el pasillo. Uno a uno eran invitados al otro lado de la puerta blanca sin ventanas y, durante todo un minuto, a veces dos, el afortunado tenía a la Srta. Mao solo para él.

Salían de la oficina como embriagados, sin poder caminar en línea recta. Una fragancia empalagosa penetraba el aire cada vez que alguno de ellos entraba o salía: olía a fresas, pero también a rosas marchitas. Una tenue luz amarilla escapaba por debajo de la puerta de la oficina, pero nunca pude ver nada más; supongo que el perfume denso me enceguecía un poco. "Adelante, querido", tintineaba la voz de la Srta. Mao.

Afuera de su oficina había siempre un enjambre de chicos y yo no me atrevía a acercarme a ellos, nueva como era en la Academia y, además, una chica. Me conformaba con mirar desde lejos, agachada detrás de las plantas junto a la escalera. Al final de cada hora, la Srta. Mao salía de su oficina e inmediatamente cerraba la puerta tras de sí, probaba el picaporte dos veces para asegurarse de que estuviera cerrada. Los muchachos que no habían podido verla tendrían que esperar hasta la próxima vez, decía, exhibiendo hoyuelos a los costados de su boca de fresa. Una vez se dio vuelta y me miró detenidamente con esos alargados ojos felinos.

La Srta. Mao vestía trajes grises o marrones, y llevaba una cartera, en los mismos tonos solemnes, con un cierre dorado que capturaba la luz de los pasillos. Sus estiletos elevaban su figura menuda del piso y los tacones repicaban, constantes, a su paso. Sin importar el esfuerzo que hiciera por caminar con la espalda derecha, como si llevara un libro invisible sobre la cabeza, no era nada buena caminando. Avanzaba, tambaleante, y con frecuencia se agachaba para masajearse los tobillos. Noté que sus orejas se ubicaban altas, a ambos lados de su cabeza, y que terminaban en punta. De su ajustada falda tubo, larga hasta las rodillas, pendía una cola peluda que se meneaba al ritmo de sus caderas, de izquierda a derecha, de izquierda a derecha.

¿Nadie más se daba cuenta o yo estaba perdiendo la razón?

En la cafetería de la escuela, la señora detrás del mostrador me miraba con ojos de pez miope, con esa mirada lastimera que exhiben las mascotas acuáticas detrás del vidrio de la pecera. Miré fijo el filete de bacalao frito en la bandeja y sentí cómo el desayuno se me revolvía en el estómago. El niño que esperaba detrás de mí en la fila produjo un ruido. Su rostro mostraba una expresión de consternación, pero los sonidos que salieron de su boca no tenían sentido. "Croá, croá" fue todo lo que escuché. Su ancha boca le abarcaba toda la cara y la piel suelta debajo de su barbilla, salpicada de grandes verrugas, vibraba con cada croar.

En la clase de Matemáticas, la Srta. Urraca me llamó para que resuelva un problema: "Si en la misma jaula hay 27 pollos y 33 conejos, ¿cuántas patas hay?". Por más que lo intenté, solo pude ver dos patas delgadas y un enorme par de alas frente a mí. ¿Nadie más veía esas sucias plumas erizadas a lo largo de sus brazos? La Srta. Urraca desplegó las alas, separando el plumaje negro y blanco, mientras sostenía una tiza que anidaba en la punta de una de ellas. La mujer no tenía brazos ni manos. Fruncía el ceño y chillaba, con la cresta alborotada, color zanahoria, y estampaba las patas nervudas contra el piso.

Me pasaba horas frente al espejo preguntándome si el lunar en mi hombro era la señal prematura de una mancha. Una porción de piel áspera podía ser, en realidad, algún tipo de escama. ¿Y quién podía decir que, si no me ocupaba de separarlos, no me crecerían membranas entre los dedos de los pies? Me lavaba cuatro veces al día y me frotaba la piel hasta dejarla en carne viva.

Una de mis tías insistía en que mi cara solía ser más redondeada y que ahora se veía más ovalada. Comí ración doble toda la semana, hasta me obligué a tragar el pescado de la mujer pez. Comía y comía, me llenaba la boca con comida como los jabalíes, las palomas, los pingüinos, las hienas y los búhos que se sentaban conmigo en el almuerzo. La cacofonía de rugidos, aullidos y trinos creaba una nueva clase de música que resultaba extrañamente reconfortante.

Traducción: Susurros Chinos

Del original *The Warrene Academy*, de Vanessa Wang, publicado en: Ferrel, E. (Ed.) y Clayton, E. (Ed.) (2017). *Flash Fiction Magazine - Número 3*. Estados Unidos: 101 Words LLC.

Vanessa Wang es de origen taiwanés y reside en Estados Unidos. Tiene una Maestría en Bellas Artes en Escritura Creativa por la Universidad de Maryland y una Maestría en Ciencias en la carrera de Ingeniería de la Construcción y Gestión por la Universidad Nacional de Taiwán. Se ha desempeñado como redactora de textos técnicos en empresas, profesora adjunta de Redacción técnica en la Universidad de Maryland, periodista en la revista *Asian Fortune*, e instructora de escritura en *Writopia Lab*. Sus textos en inglés y chino han sido publicados en *Bethesda Magazine*, *Asian Fortune*, *World Journal*, *Ink Journal*, entre otros. Fue finalista del *Premio de Cuentos Glimmer Train* y de la *Beca de escritura David T.K. Wong*.
Más información: www.wangvanessa.com

Bajo el techo

Kathryn Kulpa

En una película que vi de niña le preguntaron a una joven qué quería ver en su luna de miel —si París, Roma o algo así, eso esperabas que dijera— pero no, ella dijo: montones de techos hermosos.

Y como tantas cosas que entendía a medias cuando era niña, apenas pude notar que esto era "picante", que significaba algo subido de tono y de adultos. Cuando le pregunté a mi madre, fingió no saber nada y dijo que la joven "estaba haciéndose la tonta". Luego, le pregunté a mi prima Beth, pero no tuvo nada para aportar. Yo tampoco esperaba que supiera. No era solo mi prima, también era mi mejor amiga. Nuestras madres, que eran hermanas, estuvieron embarazadas juntas, así que éramos gemelas, por así decirlo, nacimos con un mes de diferencia y compartimos ropa, libros y la varicela. Descubrimos las cosas las dos juntas, no separadas.

Pero los techos significaban algo, lo sabía por esa

canción *Hotel California*, un lugar del que podías irte cuando quisieras, pero que nunca dejabas, y que tenía espejos en el techo. Y así fue como empecé a mirar techos, a observarlos, y es algo curioso, pero la mayoría de la gente nunca lo hace. Tal vez intentan no hacerlo. A veces mirar hacia arriba da más miedo que mirar hacia abajo. Una grieta en el techo puede parecer la cabeza de un duende malvado o la garra de un alienígena que te llama. Puede haber cosas peludas creciendo en los rincones, telarañas y a veces incluso arañas colgando. Las arañas colgando asustan a cualquiera.

Cuando tenía trece años fuimos de vacaciones en familia a Maine. Beth, mi hermana postiza, vino con nosotros, y ese año, por primera vez, nos dieron una habitación para nosotras solas, sin padres. El año anterior, cuando dormía en la cama doble muy cerca de mi papá, tuve mi primera regla. Me pregunté si había sido por eso. Recuerdo haberme encogido de la vergüenza, esperando a que mi papá estuviera en la ducha para contárselo a mi mamá; me preocupaba que la encargada de la limpieza viera las sábanas, le dije entre susurros a mi mamá que las tiráramos, compráramos un juego nuevo y las cambiáramos. Ella insistió en que las encargadas de limpieza de los moteles veían "de todo". Aun así, ese año estábamos creciendo y "necesitábamos privacidad".

Para celebrar, preparamos una fiesta para esa primera noche. No dormiríamos; nos quedaríamos toda la noche grabando casetes con canciones de la radio en mi radiocasetera, contando historias de fantasmas, jugando verdad o consecuencia y compartiendo comida chatarra de las máquinas expendedoras. Un rato antes ese día, caminamos hasta un puesto de fruta en la carretera y compramos cerezas, luego practicamos escupir los carozos hasta el otro lado de la habitación, apuntando al cesto, pero pocas veces le dimos. Pusimos un casete en la radiocasetera y nos grabamos cantando. Beth sacó un paquete de cigarrillos aplastado de su mochila —lo había encontrado en la habitación de su hermano, dijo— y nos turnamos para fumar, tratando de no toser y sacando el humo por la ventana con la mano. Qué pasa si se activa la alarma de incendios, dijo Beth, y miramos al techo, donde la única luz roja del detector de humo no titiló.

Miramos esa luz roja, mientras lentas volutas de humo flotaban sobre nuestras cabezas, y vimos dos cables raros colgando junto al detector de humo. Al principio pensamos que podía ser una araña, pero eran más grandes que las patas de una araña —al menos eso queríamos creer— y especulamos sobre qué podían ser: cables rojos y negros de una bomba de tiempo que nos volaría en pedazos si nos equivocábamos al cortar el cable para desactivarla, o algún tipo de criatura maligna de patas largas y flacas que vivía en el techo. Una de las historias que nos gustaba contar era la de un demonio diminuto llamado Enoc, que vivía en el cerebro de un hombre y lo hacía matar personas, y cuando un abogado trató de engañar al hombre y le pidió que le diera el Enoc, él accedió. Luego el abogado sintió algo que trepaba dentro de su propio cerebro y gritó...

Pero no había un Enoc. No en realidad. El hombre de la historia solo estaba loco. Y los cables que colgaban del techo solo eran cables, no las piernas del Enoc, ni las patas largas y flacas de un demonio diminuto, agazapado detrás del detector de humo, justo encima de nuestra cama, mirándonos, observándonos, preparándose para abalanzarse y meterse en nuestras cabezas para comerse nuestros cerebros. Oímos, o pensamos haber oído, un ruido de algo que arañaba y se movía.

—Es el Enoc —susurré—. Podría estar ahí arriba ahora mismo. Esperando a que nos quedemos dormidas.

Y en el silencio que siguió, oímos un ruido. Un estornudo.

Gritamos y nos levantamos de un salto de la cama, corrimos al lado, a la habitación de mis padres, para decirles lo de la luz roja, del demonio que estornudó en el techo, sus patas colgando sobre nuestras cabezas. Estábamos tan asustadas que no nos preocupó que descubrieran que habíamos estado fumando. Al final con todo el revuelo nunca se dieron cuenta.

El hombre que trabajaba en el motel fue arrestado. Había grabado muchos más videos de personas en la cama. Me pregunté si el nuestro alguna vez llegó a los tribunales. Si las personas nos habrán visto, a dos jovencitas en camisón, en una habitación en penumbras, cantando con la radio y contando historias de fantasmas sobre pequeñas criaturas en el techo. Si los llevó a preguntarse cuántas otras historias tenebrosas se hicieron realidad.

Años más tarde, al hablar de las consecuencias, ambas confesamos sentirnos ligeramente incómodas en espacios públicos, tener una tendencia a buscar y evitar cámaras, una sensación persistente de que nuestros cuerpos no son por completo nuestros, sino cosas ajenas a nosotras, objetos que podrían ser capturados y consumidos sin que lo supiéramos ni permitiéramos.

A veces, incluso ahora, bajo un cielo iluminado y despejado, me descubro mirando hacia arriba, esperando sentir el roce de esas patas de alambre sobre mi piel.

Traducción: Mariana de Madariaga
Revisión: Susurros Chinos

Del original *Under the Ceiling*, de Kathryn Kulpa, publicado en *KYSO Flash, No. 8*, agosto de 2017.

Kathryn Kulpa es escritora y editora de textos de ficción. Vive cerca de Rhode Island. Ganó el concurso *Vella Chapbook* por su libro de microcuentos *Girls on Film*, publicado por *Paper Nautilus Press*, y recibió el premio *Mid-List Press First Series* por su compilación de cuentos *Pleasant Drugs*, publicado por *Mid-List Press*. Es autora de *Who's the Skirt?*, un libro de microficción publicado por *Origami Poems Project*. Sus relatos han aparecido en *Bellevue Literary Review*, *Cleaver*, *decomP*, *Florida Review*, *Hayden's Ferry Review*, *Literary Orphans*, *Monkey-bicycle*, *SmokeLong Quarterly*, *Superstition Review* y *NANO Fiction*, entre otras publicaciones. Trabajó como editora para *Newport Review*, *Pif* y *Merlyn's Pen*. En la actualidad, se desempeña como editora de microficción en *Cleaver*. Más información: www.kathrynkulpa.com

Barriga

Timothy Fitts

El pequeño Frankie nos mostró un lugar en el ático desde donde se podía espiar a su hermana duchándose. Marlon y yo teníamos doce, y la hermana de Frankie, Anita, catorce, y ya se había convertido en mujer. La vista era limitada, solo una hendija delgada que permitía que los ojos distinguieran claramente azulejos y piel. Pero si ella se movía lo suficiente, el cerebro podía armar una imagen completa. Además, suponíamos que estaba de espaldas a nosotros. Mientras Marlon y yo intentábamos ordenarle telepáticamente que se moviera, Frankie nos contó una historia sobre Anita, como para darle sonido de fondo a nuestras perversiones. Cuando ella tenía siete, la despertaron el ruido de botas sobre el suelo de linóleo y unos susurros irreconocibles. Ya una ávida cazadora, le disparó al primer intruso en la cara y al segundo en el pecho con una escopeta calibre 410. El tercero, con una herida en la barriga, quedó tirado en el suelo, vivo, pero haciendo ruidos de succión al respirar. El pequeño Frankie dijo que custodió la herida en la barriga mientras su padre y Anita fueron a buscar a la policía.

Entonces ocurrió. Anita se dio vuelta y se movió de un lado a otro al ponerse champú en el pelo. No fue mucho movimiento, pero suficiente. Me acomodé para ver mejor y Marlon me dijo que me quedara quieto o nos oiría.

—No —dijo el pequeño Frankie—. Puede oírlo todo.

Traducción: Fernando Stagliano
Revisión: Susurros Chinos

Del original *Belly*, de Timothy Fitts, publicado en *SmokeLong Quarterly, Número cincuenta y siete*, septiembre de 2017.

Timothy Fitts vive en Filadelfia con su familia. Es miembro del plantel editorial de *Painted Bride Quarterly* y del Departamento de Humanidades del

Instituto de Música Curtis. Sus obras de ficción y fotografía se pueden encontrar en publicaciones como *The Gettysburg Review*, *Granta (online)*, *Day One*, *The New England Review*, *Shenandoah*, entre otras. Su compilación de cuentos *Hypothermia* fue publicada en 2017 por *MadHat Press*.

Más información: @timfitts77 en Twitter.

Pecas

Meg Pokrass

Loretta, Trina y Junie eran amigas de verdad, y tenían la espalda tostada como tiras de charqui. Ninguna se llenaba de pecas como yo. Pecas en el rostro, los brazos, la espalda. Pecas en los labios, manchas de aceite, o de manteca, o de salsa de tomate en mis camisetas. Estaba manchada por todos lados, defectuosa. Solo los ojos de los perros me seguían, como si yo fuera glaseado de crema de banana, o su versión para perros.

No fue hasta que cumplí los catorce que algo se encendió en mí. Apareció el cuello de la familia, un cuello de cisne —como si hubiera emergido de mi pastel de cumpleaños, donde había permanecido durmiendo—. Mis ojos se tornaron violáceos y los chicos decían que parecían ventanas panorámicas. Bueno, los chicos no, en realidad una chica. Junie. Aun así era un cumplido, ya que Junie era bailarina y valoraba la belleza física, en especial el cuello —sabía qué buscar, se consideraba una zorra—. Tenía una voz inusualmente grave, como si hubiera fumado durante cuarenta años, como si fuera mitad hombre, y cuando reía era peor.

—Cuando tengo sed, mi voz se oye como la de un tipo —se jactaba—. Una noche se quedó a dormir con su espalda tostada y su bolsa de danza. Me quedé callada a la hora de ir a la cama, no se me ocurrían historias graciosas. Comenzó a husmear por mi habitación, entrometida, buscando algo para molestarme. Cuando se deslizó bajo mi cama, alcancé a ver su ombligo asomando, un "botoncito", como un arito de cereal.

—¿Este es tu osito de peluche? —preguntó.

Había encontrado a Ted, mi compañero de la infancia, un oso ajado con carita de bebé, que estaba detrás de las cajas plásticas. Apretando a Ted, riéndose como una maníaca, Junie trataba de hacerlo chillar como a un juguete de perro. Perfecta y malvada como una estrella de televisión. Yo quería preguntarle cómo podía hacer para cambiar mi personalidad, cómo podía hacer para broncearme sin arruinar mi piel para siempre, sin arrugarme ni morir de cáncer. Todo parecía posible. Me deslicé a su lado para que no destruyera a Teddy y la besé largo tiempo para salvarlo.

Traducción: Susurros Chinos

Del original *Freckles*, de Meg Pokrass, publicado en *Fictionaut.com*, 2010.

Meg Pokrass es autora de cuatro compilaciones de cuentos y un libro galardonado de prosa poética: *Damn Sure Right* (*Press 53, 2011*), *My Very End of the Universe— Five Mini-Novellas-in-Flash and a Study of the Form* (*Rose Metal Press*, 2014), *Bird Envy* (2014), *Cellulose Pajamas* (ganador del *Premio Blue Light Book*, 2016), *The Dog Looks Happy Upside Down* (*Etruscan Press*, 2016) y *Alligators At Night* (*Ad Hoc Press*, 2018). Sus obras han aparecido en más de 320 revistas literarias, entre ellas, *Rattle, Tin House, Five Points, McSweeney's Internet Tendency, Jellyfish Review, New World Writing, Bayou Magazine, National Public Rado (WNPR), 100-Word Story, Wigleaf Top 50 List , Wigleaf Magazine, Green Mountains Review, SmokeLong Quarterly, Talking Writing, Every Writer's Resource, Failbetter, storySouth, decomP, Flash Magazine*, y en dos antologías Norton: *New Micro* (*W.W. Norton & Co.*, 2018) y *Flash Fiction International* (*W.W. Norton*, 2015). Su relato "*Barista*" fue incluido en la antología *Best Small Fictions, 2018*. Se desempeñó como editora en *SmokeLong Quarterly* y en *New World Writing*. Es editora de *New Flash Fiction Review* y de *La serie de lectura colectiva de microficción* de San Francisco. Ha oficiado como jurado en *New Flash Fiction Review* y como curadora en el *Festival de Microficción* del Reino Unido.
Más información: www.megpokrass.com

Sus días

Lauren Becker

En sus días malos, me advertía que no tuviera esperanzas. Él necesitaba compañía para su desolación, y yo descendía peligrosamente a su encuentro. Él me preparaba escones y café. Y me miraba mientras yo comía y bebía, y se iluminaba cuando yo decía que los escones estaban ricos.

Compré las frambuesas en la feria porque sé que te encantan, dijo. Pensé en decirle que no son las frambuesas las que me gustan, sino los arándanos, pero él no prestaba atención a lo que me gustaba. Sus días malos se hacían míos. Ya no le hacía falta advertirlo.

En sus días buenos, no llamaba. Encontró más días buenos. Encontró a una chica y la llevó a la feria, donde ella eligió frambuesas. Le preparó escones y me invitó a su casa. Era alta y tenía pelo castaño; algunos pensaban que era linda, incluso ella. Se parecía a mí.

Me habló de la chica, y ambos escuchamos lo que

ella tenía para decir. Era enfermera pediátrica, creció en Maryland, solía practicar ballet. Los dos se reían de sus pies feos. Ella me cayó bien. Me sentí sola y me fui a casa.

Nos encontramos un rato en un café, y él se quedó mirándome durante los minutos que me llevó terminar el crucigrama del jueves del *New York Times*. Yo pensaba que los chicos solo hablaban con las chicas en los cafés cuando tenían algún interés. Creí que, cuando me dijo que nos encontráramos, era una cita.

No lo era. Quería que lo cuidara. Lo cuidé. Lo escuché hablar de chicas.

Él a veces lloraba. Le gustan las egoístas. Me presentó a algunas. Se parecían un poco a mí.

Me inscribí en una competencia de crucigramas de la que me enteré en un documental. Practiqué. Me tomé el tiempo. Estaba cerca de las marcas ganadoras del año anterior. No se lo mencioné.

En un día bueno, se lo conté. Me dijo que se preguntaba por qué no nos habíamos visto en ese tiempo. Estuvo cerca de convertirse en su historia. Me sentía en un lugar seguro. No quería caer.

Me dijo que me preparara para perder.

No hizo falta esperar. Buenos o malos, esos eran sus días. Tenían muy poco que ver conmigo cuando tenían que ver con él.

Le agradecí la advertencia. Cuando nos despedimos, mi amor por él se partió en dos. Me detuve a buscar unos ingredientes. Cuando llegué a casa, volvió a dividirse.

Preparé escones de arándanos. Fueron los mejores que comí en mi vida.

La chica que se parecía a mí —la bailarina— lo dejó. Me llamó, llorando. Escuché sus mensajes de voz mientras hacía crucigramas. Me quedaban dos semanas. No tenía tiempo de cuidar a nadie. Estaba más liviana, más segura. Me sentía mejor, más rápida.

No me preparé para perder. No me preparé para ganar. Ninguna de las dos cosas.

Después, no me preguntó cómo me fue. Tampoco lo mencioné. Le dije que me gustaban los escones de arándanos. Me preparó escones de arándanos. Le dije que estaban ricos. No eran tan buenos como los míos.

Traducción: Emilia del Valle Contreras
Revisión: Susurros Chinos

Del original *His Days*, de Lauren Becker, publicado en *Necessary Fiction*, junio de 2010.

Lauren Becker es editora de *Corium Magazine*. Sus relatos han aparecido en *Tin House (online), The Los*

Angeles Review, *Matchbook*, *The Rumpus*, *Wigleaf*, entre otras publicaciones. Su compilación de cuentos *If I Would Leave Myself Behind* fue publicada por *Curbside Splendor Press* en 2014. El relato *His Days* está incluido en una nueva compilación de relatos que publicará *Curbside Splendor Press*. Este cuento fue traducido y publicado con el permiso de su autora y de *Curbside Splendor Press*.
Más información: @ljbecker en Twitter.

Esperar

Spencer K. M. Brown

Espera. Esperar: parecía que eso era todo lo que yo siempre hacía, solo esperar junto a la puerta abierta, fumando un cigarrillo sin pensar, mientras ella se tomaba su tiempo para prepararse. Me sentía impaciente, la llamaba, le preguntaba si estaba lista, y su respuesta era un latigazo que me mantenía callado por unos instantes. La forma en que se subía al asiento del acompañante, el modo en que me sacaba el cigarrillo de la mano y curvaba sus labios suaves y carnosos alrededor de él, dando una bocanada larga, siempre me hacía olvidar la espera. Olvidaba todo cuando ella estaba a mi lado.

Esperar. Sentado en el sofá después de algunos tragos, sintiéndome vulnerable. Sintiéndome amado. Esperaba para ver en qué estado de ánimo se encontraba. Y con un roce suave de mi mano por su muslo, ella me arrastraba en un delicado beso. Podía sentir su pecho que subía y bajaba constantemente, como las olas antes de una tormenta. Su corazón latiendo en el mío. En todo ese tiempo, yo tan solo esperaba que pasara, esperaba que ella al fin terminara conmigo. Esperaba que todo acabara.

Esperar: detener o posponer una acción. Sentado en la estación de autobuses, esperando que el reloj marque las 3 a. m. Los ojos se me cierran continuamente, pero trato de mantenerme despierto. Detesto dormir en lugares públicos. Subo al autobús y miro adormecido por la ventana marcada de dedos, pensando cuánto tiempo debo esperar para volver a ser feliz.

Esperar: fue lo único que ella dijo que jamás haría. Ni un día, ni un año. Ni el tiempo que yo le pidiera. "Una mujer que vale la pena no espera", dijo. Y supongo que tenía razón.

Traducción: Fernando Stagliano
Revisión: Susurros Chinos

Del original *Waiting*, de Spencer K. M. Brown, publicado en *Prime Number Magazine, Número 47*, 2014.

Spencer K. M. Brown es oriundo de Bedfordshire (Inglaterra). Estudió en la Universidad Ave María en Naples (Florida) y en el Salem College (Carolina del Norte). Sus relatos y poemas aparecen en publicaciones como *Prime Number Magazine, Flash Fiction Magazine, Scalawag Magazine, Change Seven Magazine, Belle Reve Journal, GERM Magazine y Empty Sink Magazine.* En 2016 obtuvo el *Premio Penelope Niven en Ficción y Excelencia en Escritura Creativa*, y en 2018 el *Premio de ficción Flying South* y la *Distinción del Presidente.* Actualmente vive y escribe en Winston-Salem (Carolina del Norte).

Más información: www.spencerkmbrown.com

Su carga es la de él

Matthew S. Rosin

Ella se reclina hacia él.

Él la atrae contra sí, por detrás, un brazo que pasa por encima del primer botón desprendido de la blusa.

Ella apoya la cabeza contra su pecho y cierra los ojos.

Su carga es la de él.

Esperan su turno para cruzar la calle. El cabello negro de ella reluce bajo el sol.

Treinta minutos antes, mientras almorzaban, él le propuso matrimonio. Ella lloró y dijo: "Sí, sí, por supuesto que quiero". Los demás clientes aplaudieron. Ahora, sus cuerpos no pueden evitar acercarse.

O se casaron hace casi un mes. Ella canceló sus reuniones del mediodía y él se organizó para tener un largo receso de almuerzo. Ahora caminan a casa para hacer el amor.

O luego de seis años de matrimonio, consumidos

por el trabajo y la rutina, no han hecho el amor en seis meses. Caminaron hasta la oficina de correos para realizar unos envíos. Cuando volvían a casa, ambos presionaron el botón para cruzar la calle. Sus manos se rozaron por accidente. Ahora recuerdan cómo se siente tocarse.

O se acaban de enterar de que tendrán un bebé, luego de haberlo intentado durante seis meses. Es muy pronto para saber si será una niña o un niño, pero ella cree que será una niña. Algo en el modo en el que el vapor de la avena entibió su nariz esa mañana, la prueba de embarazo a un lado, sobre una servilleta de papel doblada, ocupando un lugar en la mesa de la cocina. Ahora, él le murmura palabras de aliento y ella espera que las náuseas desaparezcan.

O simplemente acaban de perder un bebé. La sangre se escurrió entre sus muslos y ella lo supo, con la misma certeza con la que sabía que era una niña. Ahora, ella está devastada y él intenta ser fuerte.

O acaban de tener su primer almuerzo fuera de casa, ellos dos solos, sin su bebé recién nacida. "Vayan, vayan", la abuela había insistido. "Puedo cuidar de la niña. Ustedes disfruten". Comieron hamburguesas y hablaron de su hija. Ahora, los pechos llenos indicaban la hora de amamantar y los cuerpos de ambos pedían un momento de descanso.

O una llamada a las 6 de la mañana dio la noticia: la abuela murió mientras dormía. No hubo ninguna señal y, hasta el momento, ninguna razón. Ahora él la sostiene mientras el suelo se mueve bajo sus pies, una madre sin madre.

Su carga es la de él.

El semáforo cambia a verde. Presiono el acelerador y sigo mi camino.

Traducción: Susana Cejas
Revisión: Susurros Chinos

Del original *Her Weight Is His*, de Matthew S. Rosin, publicado en *KYSO Flash, No. 6*, otoño de 2016.

Matthew S. Rosin es escritor y compositor y vive en el Área de la Bahía de California. Publicó su primera novela corta *The Honeydrop Tree* en 2015. Sus microficciones se pueden encontrar en publicaciones como *KYSO Flash, The Luxembourg Review, r.kv.r.y. quarterly* y *Shotgun Honey*. Además, Rosin escribe sobre el modo en que la paternidad cambia a los hombres y ha publicado ensayos sobre esta temática en la revista STAND.

Más información: www.matthewsrosin.com

El corredor

Len Kuntz

La mesera no es rubia ni estadounidense, pero se parece a ti, a ti hace diez años cuando nos conocimos y dijiste que tenías "energía de alto octanaje" y me preguntaste si podría seguirte el ritmo. La mesera lleva puesto un bikini rosa con tacones haciendo juego. Un broche de metal prendido a la altura de su cadera dice que se llama Lupe. Su piel es morena y luce como madera laqueada. Tengo que hacer un esfuerzo para no tocarla.

Se menea, girando la bandeja sobre el dedo mayor como lo haría un niño con la pelota de baloncesto, y me pregunta si pediré otro.

—¡Qué chicos! —dice, riendo y señalando hacia la parte baja de la piscina donde estallan globos de agua—. ¡Hacen tanto escándalo! ¿No son adorables?

Su acento es tan fuerte que parece forzado, pero me digo: estoy en México. No tengo que ser desconfiado. Siempre me acusabas de ser paranoico.

Pasan quince minutos hasta que Lupe regresa. Cuando pido triples, despliega una sonrisa de marioneta.

—¿Pasándolo bien, no? —sus dientes son efervescentes, no puedo quitarles los ojos de encima—. ¿Te gusta?

—Mucho.

¿Quiere decir si me gusta este lugar? O quizás está jugando conmigo. Tal vez realmente se parezca mucho a ti, pero no lo creo.

Veo que da una rápida mirada a mi mano izquierda.

—¿No hay mujer? ¿No woman?

—No woman, no pride[1].

No entiende la ocurrencia.

—Bob Marley —digo.

—Yo soy Lupe —dice, extendiendo la mano y apretando la mía como un pomo—. El gusto de conocerte, Bob.

*   *   *

A la mañana siguiente, Lupe parte al amanecer. Pensé que le hacía un favor al ofrecerme a pagarle un taxi, pero dijo:

—No seas ridículo. Dame cuatrocientos dólares o habrá problemas.

---

[1] N. del T: se produce un juego de palabras cuando, en la canción, se cambia el término original "cry" (llorar) por el término "pride" (orgullo).

El sol parece un huevo podrido.

Tengo cosas rotas en el cráneo cuando me paro, tambaleándome. Mi aliento apesta a yodo y herrumbre. Me da muchas vueltas la cabeza al abrir el armario para sacar mis zapatillas.

Las primeras millas siempre me hacen doler, pero después de eso la marcha se vuelve más fácil. Eso es lo que me digo.

Traducción: Patricia Mcgarry
Revisión: Susurros Chinos

Del original *The Runner*, de Len Kuntz, publicado en *The Literarian, Número 4.*

Len Kuntz es un escritor del estado de Washington, autor de cuatro libros: tres compilaciones de cuentos y una compilación de poesías, *The Dishonesty of Certain Mirrors*, publicada recientemente por *Cervena Barva Press*.

Más información: www.lenkuntz.blogspot.com

Daño cerebral

Spencer K. M. Brown

Se ve tan raro, el pobre infeliz. Abre y cierra la boca hablando sobre cómo lo trata su nuevo trabajo, y cómo este fin de semana se muda con su novia. Me siento y me río de él. Más por pena que por otra cosa. Habla y habla, pero allí no hay nadie que lo escuche. Nunca hay nadie cuando lo veo actuar así. No hay duda de que perdió la cabeza. Usa blanco sobre blanco, hasta sus zapatos son blancos. Pero las manchas de nicotina en sus dedos no pueden ocultar la angustia. A nadie le agrada pensar que la mente es tan frágil. Me siento y lo observo, y desearía poder hacer algo. Se ríe solo.

Lo veo todos los días. Sentado aquí en el vestíbulo como yo casi todas las mañanas. El pobre infeliz, no hay duda de que perdió la cabeza.

Escribe notas breves en su portapapeles. Es probable que ni siquiera tenga una novia con la que vaya a mudarse. Toma el teléfono, que ni siquiera sonó, y habla un poco más. Se sienta allí en el borde del mostrador de la recepción, mira alrededor hacia todas partes. Probablemente paranoide. Un signo claro. Me siento y pienso en la suerte que tengo. Con la cabeza bien puesta, nunca dejo que mis pensamientos se escapen.

Me mira y me sonríe fugazmente, pero hay algo que falta detrás de sus ojos. Me doy cuenta. Miro alrededor para ver si alguien más puede notarlo, pero todos los demás también han perdido la cabeza. Soy más observador que la mayoría. Sus pequeños dedos amarillentos tiemblan y se retuercen como un sapo moribundo. Parece resplandecer bajo las luces fluorescentes, cubierto todo de blanco, algo así como un ángel. Pero puedo ver que falta algo detrás de esos ojos apagados. Es probable que él ni siquiera lo sepa.

Solo me alegra haber mantenido la cabeza en su lugar, eso seguro. Una suerte. A veces, la mente es lo último que se pierde. A veces, lo primero. La cordura es tan frágil y su cabeza es como la cáscara partida de un huevo. Me siento aquí y lo miro, miro sus dedos que tiemblan, lo miro hablar por teléfono con nadie. Alguien debería ponerle fin a su desgracia. Alguien con la cabeza lúcida. Supongo que yo podría hacerlo. Un golpe seco en la nunca. Me lo agradecería, estoy seguro, si tan solo supiera cuánto lo estaría ayudando.

—Señor McCourt —dice mientras camina hacia mí—, hora de su medicamento y luego empieza el programa *Tres por tres*. ¿Qué le parece?

Baja la vista y me sonríe, y empuja mi silla hasta la enfermería. Me entregan el vasito con mis píldoras y la boca me sabe a tiza por unos instantes. La sala con el televisor está repleta, todos dando vueltas sin rumbo. Solo me alegra haber mantenido la cabeza en su lugar. Levanto la mirada para verlo mientras me lleva hacia el televisor.

Pobre infeliz. Seguro me lo agradecería.

Traducción: Verónica Flores
Revisión: Susurros Chinos

Del original *Brain Damage*, de Spencer K. M. Brown, publicado en *Flash Fiction Magazine*, junio de 2011.

Spencer K. M. Brown es oriundo de Bedfordshire (Inglaterra). Estudió en la Universidad Ave María en Naples (Florida) y en el Salem College (Carolina del Norte). Sus relatos y poemas aparecen en publicaciones como *Prime Number Magazine*, *Flash Fiction Magazine*, *Scalawag Magazine*, *Change Seven Magazine*, *Belle Reve Journal*, *GERM Magazine* y

Empty Sink Magazine. En 2016 obtuvo el *Premio Penelope Niven en Ficción y Excelencia en Escritura Creativa* y en 2018 el *Premio de ficción Flying South* y la *Distinción del Presidente.* Actualmente vive y escribe en Winston-Salem (Carolina del Norte).
Más información: www.spencerkmbrown.com

Ciclo de elecciones

Alex Simand

El circo llega y rompe con estrépito las paredes de tu casa, irrumpe con todo y carpas, y distintivos, y boletas partidarias que se esparcen como cáscaras de maní sobre las finas baldosas blancas. Nunca pides que venga el circo, pero llega igual. Las pancartas de protesta. Las tortas de zanahoria. Las gotas de saliva de tu vecino al llamarte comunista. Un hombre sobre un podio coloca su cabeza en las fauces de un león y dice "¿Ven? Pueden confiar en mí". Sonríe a la cámara y el león pone los ojos en blanco. A veces el animal le arranca la cabeza y al hombre le crece otra y entonces gesticula, enérgico, levantando los pulgares. La cabecilla aparece luciendo un traje de lentejuelas y las pantorrillas de un fanático de las flexiones. Te ruega que le creas, pero sus dientes escapan, parloteando, de su boca. Una paloma del tamaño de un toro irrumpe volando en el escenario y engulle un trozo de pollo frito. Explica que no, que no es canibalismo. El hombre con las mandíbulas del león alrededor de la cabeza dice algo a través de las branquias en su cuello. "No confíes en los hombres lagarto", dice. "No confíes en los hombres lagarto, ni en nadie que tenga un crayón rojo en la mano, sobre todo entre paredes blancas". Quieres que todo termine, el circo, pero tus amigos siguen haciendo fila para comprar entradas. Se alinean doblando la esquina, sedientos de espectáculo. Ya no estás seguro de tener amigos. Solo miembros de la audiencia. Y eso debe convertirte en el payaso.

Traducción: Susurros Chinos

Del original *Election Cycle*, de Alex Simand, publicado en: Hempel, A. (Ed.) y Masih, T. (Ed.) (2017). *The Best Small Fictions 2017*. Estados Unidos: Braddock Avenue Books.

Alex Simand es ruso y vive en San Francisco, Estados Unidos. Tiene una Maestría en Bellas Artes por la

Universidad de Antinoch (Los Ángeles). Escribe microficción, textos creativos de no ficción y poesía. Sus obras se encuentran publicadas en *North American Review*, *Matador Review*, *Hippocampus Magazine*, *Mudseason Review*, *Five2One Magazine* y *Drunk Monkeys*. Su microficción *Election Cycle* fue ganadora de la edición 2017 del *Premio a la mejor pieza de microficción*. Entre varios emprendimientos literarios que ha liderado, fue editor de la revista literaria y cultural *Lunch Ticket*, estuvo a cargo del blog, de la sección de no ficción y del *Premio en Memoria a Diana Wood*.

Más información: www.alexsimand.com